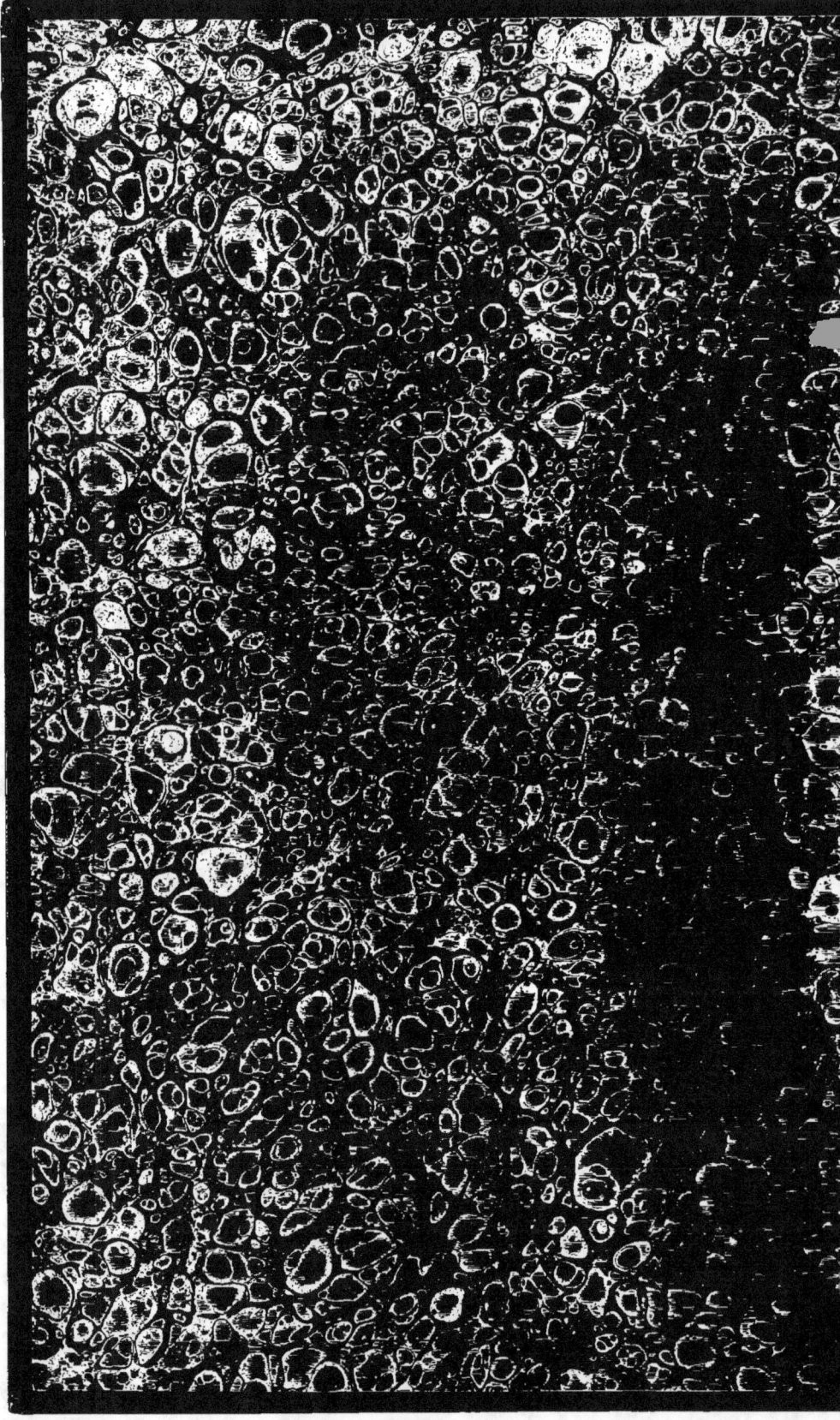

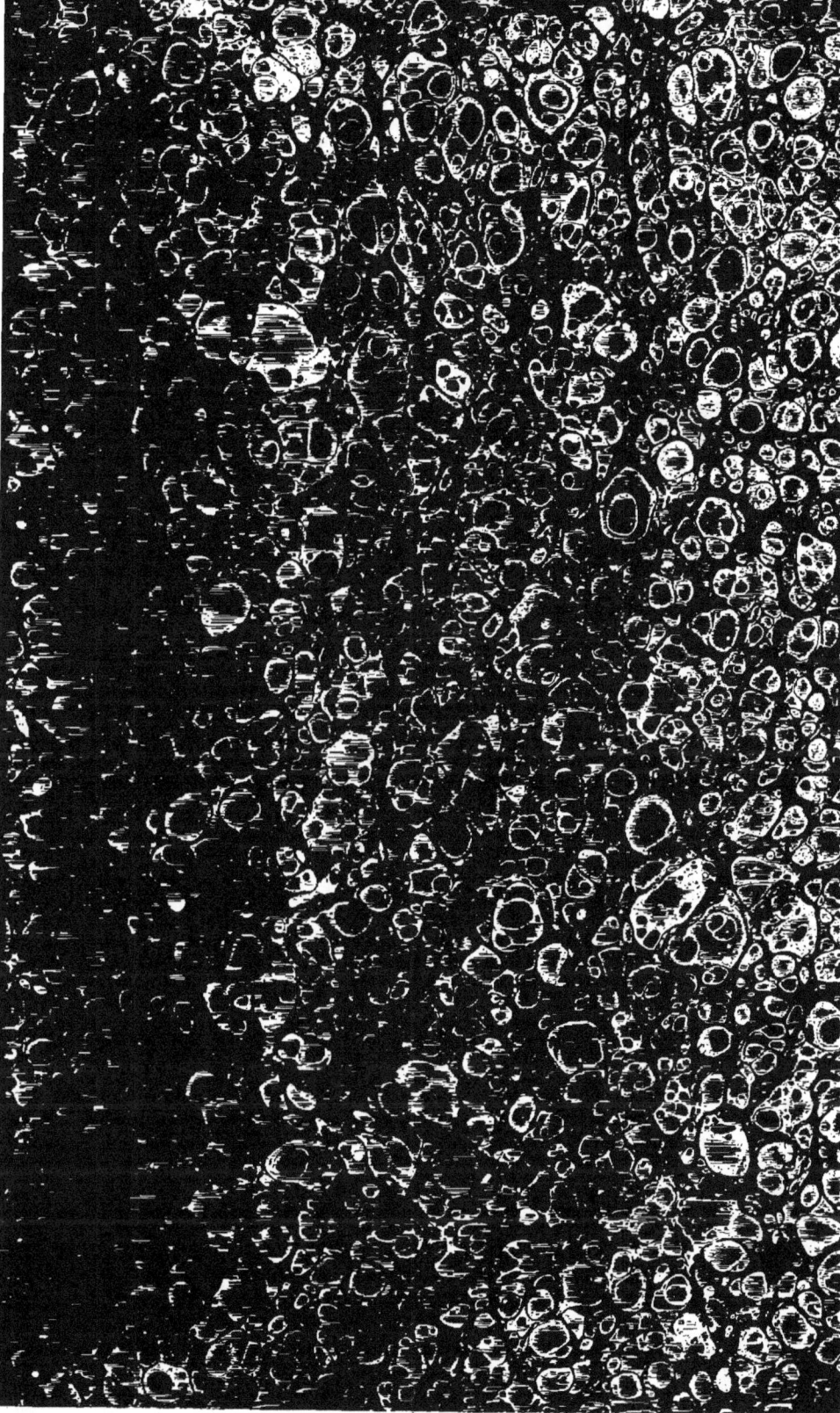

N. J. B. TRIPIER.

Imprimé à soixante exemplaires.

N° 27.

Gravé, ad vivum delineavit.

NOTICES

SUR

N. J. B. TRIPIER

PARIS,

IMPRIMERIE DE H. FOURNIER ET Cᵉ
7 RUE SAINT-BENOIT.

1844

Il n'avait qu'une espèce d'attention, active, soutenue, toujours la même, que rien ne pouvait distraire, et qu'il accordait libéralement aux plus petites comme aux plus grandes affaires. Avocat ou magistrat, maire de village ou membre du conseil général de la Seine et du conseil des hospices, officier de la garde nationale ou fabricien, membre du conseil privé du roi ou pair de France, il fallait voir cet esprit si ferme et si actif, emporté par cette foule d'occupations diverses, les traitant toutes séparément, comme s'il n'en avait eu qu'une seule; secondé par une mémoire puissante, faisant tout avec ordre, chaque chose en son temps, en son lieu, toujours à l'heure et toujours prêt.....

> (*Extrait du discours prononcé par M. Dupin*, procureur général, à l'audience de rentrée de la Cour de cassation, le 9 novembre 1840.)

ÉLOGE

DE M. TRIPIER,

PRONONCÉ

A L'OUVERTURE DE LA CONFÉRENCE DES AVOCATS,

Le 4 décembre 1841,

PAR M. J.-B. JOSSEAU,

Avocat à la Cour royale de Paris.

ÉLOGE

DE M. TRIPIER.

MESSIEURS,

A une époque où la vue de tant de succès rapides
jette dans l'esprit du jeune barreau une impatience
et un découragement prématurés, il semble que
cette solennité, consacrée à l'accomplissement d'un
pieux devoir envers une illustre renommée entièrement conquise par la persévérance du travail,

renferme un enseignement plus que jamais grave et
fécond. C'est un spectacle bien digne, en effet,
d'intérêt et d'étude, que de voir, derrière la brillante phalange des champions de l'ancien barreau,
un jeune et pauvre athlète se tenant d'abord à
l'écart, s'isolant dans le recueillement et la médita-
tion, ces deux puissances de l'homme, selon l'expression de Mirabeau ; puis bientôt, entrant dans
la lice, couvert d'une impénétrable armure, se me-
surant sur un terrain prudemment choisi avec les
plus redoutables rivaux, marchant à pas lents, mais
marchant toujours sans déviation ni repos, jusqu'à
ce qu'enfin, après avoir traversé la foule, il appa-
raisse, au premier rang, en possession de la véritable gloire, digne récompense de ses constants
efforts. Depuis l'homme de loi de 1791 jusqu'au
bâtonnier de 1828, quelle carrière parcourue, quels
résultats accomplis ! L'éloquence judiciaire a changé
de face : aux formes riches et solennelles a succédé
un langage âpre et rapide ; les pompes oratoires ont
fui devant les vigoureuses attaques d'une dialectique

dépouillée d'ornements ; une nouvelle école est fondée, et M. Tripier en est le chef !

En contemplant le prodigieux ensemble des travaux de cet homme qui n'a jamais perdu sa journée, on éprouve une sorte de vertige ! Soit qu'on l'observe pendant ses trente-cinq années d'exercice de notre profession, soit qu'on le suive dans les rangs de la magistrature suprême ou au sein de nos assemblées politiques, on le voit à l'œuvre toujours avec une égale ardeur. Parvenu à l'âge où d'autres cherchent dans les dignités le repos et la retraite, ce robuste vétéran du barreau moderne n'y trouve qu'une occasion de donner une nouvelle direction à son infatigable énergie ; et, peu soucieux des couronnes qu'il recueille en chemin, il termine en travaillant sa longue et belle carrière ! Aujourd'hui que titres et dignités ont disparu dans la tombe, le moment est venu pour notre Ordre de revendiquer cette gloire qui lui appartient ; c'est à lui qu'est réservé le soin religieux de rendre le dernier hommage à l'homme qui a su conserver pure, au milieu des grandeurs, l'illustration qu'il avait acquise dans son sein : mission dangereuse et dont plus que tout autre j'aurais dû décliner l'honneur, si sur la première page de la vie que votre bienveillance m'appelle à retracer, je n'avais lu cette encourageante devise, qui est son plus bel éloge : mieux vaut toujours remplir un devoir que reculer devant un péril !

Nicolas-Jean-Baptiste Tripier naquit à Autun, le 50 juillet 1765. Son père exerçait dans cette ville l'état de pharmacien et de chirurgien. Confié jusqu'à l'âge de dix ans à l'un de ses oncles, curé de la petite paroisse de Chiddes, dans le canton de Luzy, il fut ensuite envoyé à Paris pour y continuer ses études dans l'austère collège de Montaigu. Dès la première année, un brillant succès vint couronner ses débuts. Il obtint au concours général le prix de sixième, et conquit ainsi l'avantage de terminer gratuitement son instruction. Jusqu'à la classe de philosophie, le jeune lauréat compta au nombre des meilleurs élèves ; mais dans cette classe, où se révéla d'une manière éclatante l'aptitude de son esprit, tous ses rivaux furent éclipsés.

Au sortir du collége, M. Tripier se livra avec ardeur à l'étude du droit et à la pratique des affaires. Sous la direction de son frère aîné, procureur au Parlement, qui a laissé au Palais un nom honorable et distingué, il s'initia à tous les secrets de la procédure, en même temps qu'il assistait aux derniers retentissements de l'éloquence de l'ancien barreau. Après six années de travail, M. Tripier, grâce à cette application soutenue dont il contracta l'habitude de bonne heure, avait acquis dans les affaires une rare maturité. Déjà même il touchait le seuil de cette profession dans laquelle son nom devait un jour être inscrit au premier rang, lorsqu'un décret de l'Assemblée constituante supprima l'Ordre des avocats et abolit les Parlemens.

Ainsi tombaient, comme tant d'autres, ces deux antiques institutions ; sœurs d'origine, toujours unies dans leurs glorieuses résistances aux envahissements du pouvoir, elles périssaient du même coup, après avoir donné, dans les jours de disgrâce, le salutaire exemple de cette union qui fait la force et la dignité de la justice. Aux parlements abolis (et lorsqu'après discussion il fut reconnu qu'il y aurait encore des procès dans la société nouvelle), on substitua les tribunaux de districts ; au titre d'avocat succéda celui d'homme de loi : généreux sacrifice qu'il faut bien comprendre, Messieurs, et dont on doit se garder de faire un reproche aux chefs illustres de l'Ordre qui composaient alors l'élite de l'Assemblée constituante ! Gloire à ces hommes qui, pénétrés d'un saint respect pour la pureté de nos anciennes traditions, aimèrent mieux déposer eux-mêmes leur robe que de la voir avilie, et voter la suppression d'un titre qu'ils ne pouvaient plus mettre à l'abri des profanations !

M. Tripier avait vingt-cinq ans quand cette noble résolution vint briser l'avenir qu'il avait rêvé. Que va-t-il devenir, lui, pauvre et ignoré, dans ces temps difficiles ? Sous le coup de la tourmente, vers quel

but vont se diriger ses efforts? Il pensa que le meilleur refuge était le sanctuaire de la justice. Admis
aux fonctions d'avoué, il exerça en même temps,
pour la défense des indigents, avec un zèle désintéressé qui lui mérita les éloges des tribunaux de
l'époque, le ministère honorable de défenseur offi-
cieux. Mais est-il une carrière commencée que n'ait
interrompue le règne de la terreur? Dénoncé et ar-
rêté comme suspect par la section de la Butte des
Moulins, dans laquelle il avait rempli plusieurs fois
avec courage les difficiles fonctions de président, il
ne dut la vie qu'à l'intervention d'un généreux
protecteur (1), qui avait su distinguer son mérite et
l'honorait de son amitié. Ainsi se dispersait tout le
barreau de cette époque sous la puissance des événements contraires. Tandis que Bellart et Bonnet
cherchent un asile dans les bureaux d'une administration ; tandis que Gairal et Delamalle attendent
dans les cachots de la république le sort déjà subi
par tant d'illustres victimes, Tripier, que l'obscurité

(1) M. Paré, alors ministre de l'intérieur.

de son nom n'a pu protéger, n'échappe aux pros-
criptions qu'en se réfugiant en Flandre, investi d'une
mission du pouvoir exécutif. Revenu à Paris après
le 9 thermidor, il continue de payer son tribut aux
nécessités du temps, en acceptant du gouvernement
les fonctions de substitut de l'accusateur public
près le Tribunal criminel, et de ses concitoyens
celles d'assesseur de juge de paix ; mais en l'an IV,
après une année d'exercice, il s'empresse de se dé-
pouiller de ces titres qui menaçaient son indépendance, et rentre avec bonheur dans la profession
vers laquelle, malgré l'avis de tous, l'entraîne une
vocation décidée.

Quelle est cette époque où se place le point de
départ de la carrière de M. Tripier? C'est l'une
des plus remarquables dans l'histoire du barreau
moderne. Dès que le calme se rétablit, de nombreux procès s'élèvent sur les débris des fortunes
renversées. Rappelés par les cris du malheur et
par les gémissements des familles, reparaissent, à
mesure qu'ils échappent au naufrage, des noms déjà

célèbres sous le Parlement. L'éloquence refleurit au Palais; les audiences reprennent de l'éclat. Bientôt de nouveaux talents vont surgir, et l'Ordre aura reconquis sa gloire bien avant d'avoir recouvré son titre !

M. Tripier rentrait, à trente ans, au barreau avec des désavantages dont un seul eût intimidé une âme moins fortement trempée que la sienne. Petit de taille, ayant une voix aigre et une élocution sans élégance, il allait se trouver en lutte avec les héritiers des grands orateurs du Parlement. Seul pour faire connaître son nom au public, sans encourageante protection, il se perdait dans la foule de ces hommes de loi issus de la révolution, dont les vieilles gloires de l'Ordre repoussaient le contact profane. Que d'obstacles à vaincre ! M. Tripier n'en fut pas effrayé. Il se souvint sans doute qu'un ancien jurisconsulte, petit et grêle comme lui, inhabile à la plaidoirie, luttant contre la misère, en butte à toutes sortes d'outrages, Dumoulin, à qui l'on pourrait le comparer sous tant de rapports, n'avait pas désespéré de l'avenir ; et que, par la constance de son travail, il était devenu l'arbitre des rois et le défenseur des libertés de son pays. Sans espérer pour lui la même gloire, M. Tripier sut cependant compter ses forces. Secrètement favorisé par la sévère simplicité des tribunaux de districts et par les instincts de l'esprit moderne, n'avait-il pas pour lui la puissance de sa méthode, son admirable intelligence des affaires, son amour obstiné pour le travail, et, par-dessus tout, l'énergie de sa volonté !

Quand on porte ses réflexions aujourd'hui sur le moment, si utile à méditer pour nous, où ce jeune homme, abandonné à lui-même, prit, au milieu des incertitudes du temps, cette courageuse résolution ; quand on examine tout ce qu'il eut à faire pour réaliser en sa faveur la maxime consolante du bon Loysel, on ne sait ce qu'il faut admirer davantage ou de la vigueur de son caractère, ou de la puissance de son talent. Heureux sans doute ceux qui, dès leur début, rencontrent une amitié tutélaire, qui applaudit à leurs premiers succès ou les console

de l'amertume d'un échec ! Mais honneur à celui
qui, privé de ce puissant soutien, affronte seul les
écueils, bien convaincu qu'au barreau la gloire se
fait attendre et n'arrive qu'à ceux qui, par leurs
vertus autant que par leur talent, l'ont depuis longtemps méritée !

M. Tripier se met donc à l'œuvre Ne vous at-
tendez pas à retrouver, dans les premières années
de sa carrière, la trace d'une cause brillante dont
le retentissement ait servi de point de départ à sa
réputation. Le talent de M. Tripier n'eut ni date ni
début. Longtemps ses confrères admirèrent en lui
cette méthode nerveuse et cette clarté de déduction
que nul ne possédait au même degré avant que son
nom eût traversé les limites du Palais. Mais demandez
à ceux qui furent alors admis dans sa modeste
retraite, par quelles études sérieuses, par quels travaux assidus il se préparait aux luttes que lui réservait
l'avenir. Comme il s'applique à percer les ténèbres
de la législation qui s'enfante ! comme il scrute avec
soin les affaires encore peu importantes qui lui

sont confiées ! Aucun document législatif, aucune pièce de ses dossiers n'échappe à sa scrupuleuse investigation ! Difficile sur son travail, toujours mécontent de ce qu'il a fait, il n'abandonne jamais un problème sans l'avoir résolu, une question sans l'avoir épuisée. A l'audience, l'aplomb lui manque d'abord, mais il s'étudie, se perfectionne ; tirant à la fin parti même de ses défauts, il se fait pardonner, à force de logique, la rudesse de son langage, et, après de pénibles épreuves, il asseoit peu à peu sur des succès plus multipliés qu'éclatants les solides fondements de sa renommée.

A chaque nature ses procédés et ses lois. Quand le talent a sa source dans cette sensibilité de cœur d'où naissent les mouvements oratoires et les délicatesses du langage, il brille du plus vif éclat dans sa jeunesse ; mais l'âge venant à épuiser la séve qui le vivifie, il languit bientôt, se décolore et meurt. Celui, au contraire, que la raison anime et que la science féconde, ne présente d'abord qu'un aspect terne et sans couleur ; mais il grandit et se fortifie avec le temps,

parce que le temps donne à son principe lui-même
plus d'étendue et de maturité.

Ainsi procède M. Tripier. Marquant chaque jour
par un progrès, s'avançant toujours sans reculer
jamais, il perce peu à peu la foule, et, dans les
premières années du consulat, on le voit, chargé
des plus importantes affaires, se mesurer avec les
hautes célébrités de l'Ordre. L'éloquent Delamalle ;
Bonnet, dont la causerie spirituelle et de bon goût
a été si habilement appréciée dans cette enceinte (1) ;
Blacque, émule de Gerbier, tels sont les dignes adversaires qu'il trouve en sa présence. Enfin, il a
franchi cette barrière, pour tant d'autres infranchissable, qui sépare la sphère obscure où le talent
végète de la sphère lumineuse où il se développe avec
éclat. Fortifié par le succès, libre dans ses allures
après une aussi longue contrainte, le sien va se révéler
désormais avec toutes ses qualités sérieuses et solides.
Et pourquoi hésiterions-nous maintenant à vous dire

(1) Discours de M. de Haut, novembre 1840.

qu'au moment même où M. Tripier se faisait place
dans les premiers rangs du barreau, il obtenait,
grâce seulement au bénéfice de prescription établi
par la loi du 22 ventôse an XIII, le diplôme de
licencié en droit?

A partir de cette époque sa réputation s'accroît
avec rapidité. Bientôt M. Tripier ne marchera plus
seul dans la voie qu'il s'est tracée. A son insu, peut-
être, il remplit une mission. Le système nouveau de
plaidoirie qu'il a introduit au Palais trouve des imi-
tateurs Dans ces rudes combats qu'il livre aux illustres représentants de l'ancien barreau, ce n'est déjà
plus un simple assaut de talents qui attire aux audiences des flots d'auditeurs : c'est une lutte entre
deux écoles ! D'un côté, c'est l'éloquence ancienne
avec son éclat et son prestige ; de l'autre, c'est l'éloquence moderne avec sa force, parfois même sa
rudesse. Celle-ci est éclipsée d'abord, mais le succès
la relève ; et lorsqu'en 1810 l'Ordre, légalement
rétabli, donnait, après vingt ans d'intervalle, pour
successeur au savant Tronchet son illustre panégy-

riste (1), l'école nouvelle pouvait déjà pressentir son triomphe !

Arrêtons-nous ici, Messieurs. Une révolution s'est opérée dans la langue du Palais. Pour bien en apprécier le caractère et la portée, il faut jeter un coup d'œil sur le passé, et voir par quelles causes, par quels besoins de l'époque, indépendamment du mérite de son auteur, elle a pu s'accomplir.

L'éloquence judiciaire en France, depuis qu'elle a cessé de se réduire aux termes d'un appel en champ-clos sous l'invocation des idées religieuses, a eu trois âges distincts. A la fin du XVIe siècle, règne au Palais une faconde prétentieuse et sans goût. Émerveillés des trésors de science venus d'Orient, et que déjà propage l'imprimerie, les esprits se passionnent pour l'étude des anciens auteurs, et la perturbation se jette dans le langage comme dans les idées. Une érudition indigeste déborde de toutes parts. Les plaidoyers se parsèment d'hébreu, de

(1) M. Delamalle.

grec, de latin. Une fureur de citations disparates, qui place dans la même page les auteurs sacrés et profanes, les dieux de la fable et les saints, l'histoire ancienne et l'histoire moderne, défigure tous les discours; et l'on voit, dans une mercuriale, un magistrat célèbre (1) renvoyer les procureurs à l'Iliade pour y apprendre les devoirs de leur profession. Glissons rapidement sur cette époque : elle était digne de passer sous le pinceau de Rabelais!

Un demi-siècle s'écoule. Longtemps stationnaire au milieu du progrès, la langue du Palais commence à se purifier sous l'influence d'illustres modèles. Déjà précédés dans cette voie par Étienne Pasquier, Antoine Lemaître et Patru y apportent la correction et l'art du raisonnement. Suivez la chaine des temps, traversez le règne florissant des belles-lettres, et admirez enfin à loisir cet âge où l'éloquence judiciaire semble avoir atteint sa complète maturité, sa plus haute perfection. Grâce à l'étude des

(1) Achille de Harlay.

chefs-d'œuvre littéraires enfantés par le siècle de
Louis XIV, le pédantisme est banni du Palais,
l'élégance et la pureté du style se marient, dans les
plaidoyers, à une science de bon goût. Le discours,
toujours animé par un grand principe de morale ou
d'équité, est ordonné avec art et présente dans son
ensemble une majestueuse harmonie C'est l'éloquence
académique transportée au Palais par d'Aguesseau
et Cochin.

Mais est-il des bornes aux ressources du génie
oratoire? Avec le xviiie siècle une nouvelle école
s'annonce. L'étude de l'histoire, de la philosophie,
du droit public, entraîne les esprits vers la critique
et l'examen. Le barreau ne pouvait pas rester étranger à ce mouvement. Le cercle de ses études s'élar-
git; son langage, s'élevant au-dessus des intérêts
particuliers, aborde les théories générales. Déjà la
révolution gronde dans ses discours. L'orateur s'at-
tache à peindre, à remuer les passions. Sans perdre
la pureté de ses formes, l'éloquence acquiert de
l'impétuosité, de la chaleur; elle devient déclama-

toire et dramatique. Le type de cette école, vous l'avez nommé, c'est Gerbier.

La révolution s'est accomplie. Les derniers échos de cette éloquence vive et improvisée sont allés retentir sur un plus vaste théâtre, à la tribune politique. Les portes du parlement fermées par la milice nationale, l'enseignement du droit prohibé, la défense livrée à tout venant, l'éloquence judiciaire a-t-elle enfin trouvé son tombeau? Rassurez-vous, Messieurs; un instant exilée, on la voit bientôt reparaître. Mais quel sera son caractère? Après avoir été pédante au siècle de la réforme, harmonieuse mais froide au temps poli de la belle littérature, passionnée sous l'influence des grondements précurseurs de la révolution, quels accents seront désormais les siens? Comme toujours, elle les trouvera dans le génie de l'époque.

Les assemblées politiques ayant dévoré presque tous les talents renommés de l'ancien ordre, on ne voit plus, quand il se reforme après le 9 thermidor, que deux classes d'hommes au Palais. Les uns, remplis des souvenirs du Parlement, qui a vu commencer leur réputation, ont conservé les formes solennelles de leurs maîtres sans en avoir pourtant la fougue et l'impétuosité. C'est l'école ancienne nuancée, obéissant aux exigences du temps et présentant déjà plus de vivacité dans ses procédés. Les autres sont les hommes nouveaux que la révolution a trouvés jeunes, qu'elle a élevés, qu'elle a nourris dans ses idées. Sans souvenirs et sans regrets, ils pénètrent plus librement dans l'esprit de l'organisation nouvelle; ils se forment de bonne heure à ses allures franches et décidées. C'est l'école moderne qui s'avance; son symbole est la rapidité.

Pouvait-il en être autrement, quand tout alors était empreint du même caractère? En diplomatie, on enlève des traités en une seule séance. A la guerre, on s'élance au pas de course; l'armée suit de près le feu de ses canons. Dans l'administration, un large système de centralisation place la France entière sous la main du chef de l'état. En législation, on resserre d'énormes coutumiers dans un code. De

même, au barreau, l'éloquence, rejetant ces riches
hors-d'œuvre préparés à l'avance et s'adaptant à
toutes les causes, va droit à la démonstration. A la
pompe du style on préfère l'enchaînement des idées.
En face d'une loi brève, en présence de magistrats
pressés de juger, l'avocat cherche avant tout la clarté,
la précision. Négligeant les tours oratoires et les
développements d'une science vieillie, il abaisse
son ton, simplifie sa forme et marche vers son but
avec plus d'habileté que d'éclat. Son discours manque
souvent de couleurs ; mais quel enchaînement dans
ses idées ! Voyez-le à l'audience ; comme il foule
aux pieds l'or et les pierreries semés devant le juge !
comme il arrache le riche bandeau dont l'art a su
couvrir sa vue ! comme il pénètre ensuite au fond de
sa conscience pour y jeter une vive lumière ! Et
quand il la tient captive sous la puissante étreinte de
son argumentation, avec quelle vivacité il porte le
coup mortel au cœur de son adversaire ! Voyez cet
homme au front large et développé, dont la tête
dépasse à peine la barre des tribunaux, voyez-le

dressé pendant des heures entières sur la pointe
de ses pieds, l'œil animé, semblant se cramponner
au juge, tenant son attention asservie par l'énergie
de sa parole et par cette voix à laquelle il sait
donner des vibrations métalliques : cet homme, c'est
le chef de l'école que je viens de peindre, c'est
Tripier !

Reprenons le cours de sa carrière, placée désormais
dans un jour plus éclatant. Sous l'empire, époque
de retraite pour le barreau, une affaire du plus haut
intérêt vint mettre le sceau à sa réputation. C'est celle
qui amena l'un des personnages les plus importants
de l'époque, le sieur Reynier, sur les bancs de la Cour
d'assises, pour répondre à une accusation de faux. Ce
procès eut un tel retentissement, qu'il détourna, dit-
on, les esprits des grands événements qui se passaient
alors. Le scandale de ces débats se continua pendant
vingt-trois séances. Le ministère public perdit sa
cause : M. Tripier, avocat du sieur Michel, partie
civile, gagna la sienne. Par sa lumineuse discussion
autant que par les rudes coups qu'il avait portés à

ses adversaires, il fit décider ce point important et
encore neuf alors en jurisprudence, que la sentence
des juges criminels n'enchaînait pas la conscience
des juges civils; et, malgré l'acquittement des accu-
sés, malgré la violence des écrits publiés contre
eux, non-seulement les dommages-intérêts qu'ils
réclamaient leur furent refusés par la Cour, mais
l'acte lui-même dont ils demandaient l'exécution fut
plus tard proclamé faux en première instance et en
appel!

M. Tripier avait triomphé dans la sphère spéciale
de son talent. Bientôt une occasion solennelle se
présenta pour lui de le produire sous un nouveau
jour. En 1815, sous la première restauration, il eut
pour client Louis Bonaparte, comte de Saint-Leu,
ancien roi de Hollande. Du fond de l'Italie, où il se
consolait sans peine dans l'étude des lettres du
noble sacrifice qu'il avait su faire de sa couronne
pour conserver son indépendance, ce prince rede-
mandait à la justice de son pays l'aîné de ses fils,
Napoléon Louis, dont la reine, son épouse, Hor-

tense Fanny de Beauharnais, avait jusqu'alors dirigé
l'éducation. Combien fut touchant le spectacle offert
par cette cause! Bien différente de celles dans lesquelles s'agitent les plus cupides passions, elle pré-
sentait un tableau aussi majestueux dans son ensemble qu'attachant par ses détails. Il était beau de
voir ces deux époux jadis couronnés, éloignés par
de malheureux débats et déchus des grandeurs du
monde, concentrer toute la puissance de leur
amour sur l'aîné de leurs enfants, l'un pour l'at-
tirer à lui sur la terre étrangère, l'autre pour le
retenir sur le sol de la patrie. Roi, reine, prince,
princesse, tous ces vains titres avaient disparu : on
ne voyait plus dans la cause qu'un père, une mère
luttant d'affection et de tendresse, se disputer le
droit de prodiguer des soins exclusifs à leur enfant.
Dans ce procès où la question de droit s'effaçait
devant des considérations pleines du plus vif intérêt, M. Tripier, défenseur du comte de Saint-Leu,
eut l'honneur de vaincre un adversaire redoutable
sur ce terrain spécial, M. Bonnet. Pendant plusieurs

séances il sut, non-seulement captiver l'attention des juges, mais aussi exciter l'admiration du public qui se pressait en foule aux audiences. Le dialecticien s'était élevé à des mouvements oratoires! Dans un style non moins chaud que nerveux et toujours digne de son sujet, il avait fait partager à l'auditoire l'émotion qu'il éprouvait lui-même; dans son cœur de père il avait trouvé toutes les inspirations de l'éloquence!

L'année 1815 fut féconde pour M. Tripier en distinctions de toutes sortes. Il avait plaidé pour un roi sans couronne; il fut nommé, pendant les cent jours, membre de la Chambre des représentants par le collège électoral du premier arrondissement de Paris; il défendit Lavalette.

Au retour de la restauration, les procès politiques commencèrent. Déjà Labédoyère et Ney avaient été sacrifiés aux exigences de cette Chambre, que l'on surnomma depuis, la terreur de 1815. On avait cru trouver en eux les chefs du prétendu complot militaire qui avait préparé le miracle du 20

mars. Il fallait découvrir le chef du complot civil.
L'opinion désignait Lavalette. Aide de camp de
Bonaparte en Egypte et en Italie, constamment
dévoué depuis à la personne de l'empereur, il
avait un des premiers tressailli à la nouvelle ; et
tandis que Napoléon préparait à Fontainebleau sa
merveilleuse rentrée dans Paris, il reprenait, sans
résistance, possession de la Poste, dont il avait été
pendant douze ans le directeur. Dévouement stérile !
Quelques mois vont s'écouler, il se nommera conspi-
ration ! En butte aux plus odieuses calomnies, le
comte de Lavalette demanda des juges : on ne les
lui fit pas attendre. Après la Cour des pairs et les
commissions militaires, la Cour d'assises fut appelée
à fournir au parti de la réaction son contingent de
coupables. Le choix que fit de M. Tripier, pour sa
défense, le parent et l'ami de madame la comtesse
de Saint-Leu, est à lui seul un éloge. L'acceptation
de cette défense, au milieu des passions de l'époque,
était un acte de courage. Le vénérable Delacroix-
Frainville, que M. Tripier s'était adjoint, prévoyant

3

bien le sort réservé à son client, éprouva un moment de faiblesse : alors avancé en âge, il sentit
ses forces lui manquer ; et , comme un jour il pro-
posait, en présence de Lavalette, un autre confrère :
« Je n'ai besoin de personne, répondit M. Tripier,
je défendrai tout seul mon client ; c'est mon devoir,
aucune considération ne me fera reculer. »

Aussi, le jour de l'audience venu, remplit-il sa
mission avec une véritable intrépidité. Comment
vous donner une idée de l'effet produit par cette
plaidoirie, dans laquelle, avec une admirable puissance d'analyse et d'argumentation , il renversa une
à une toutes les attaques véhémentes de l'accusation ?
Inutiles efforts ! En vain, faisant une dernière tenta-
tive pour sauver la tête qui lui était confiée, il
demanda la division des questions de complot et
d'usurpation de pouvoirs. Que pouvaient le talent et
l'habileté contre les passions ? Lavalette fut con-
damné à mort. La providence, plus indulgente que
la justice des hommes, avait réservé à l'ingénieux
dévouement d'une noble épouse le bonheur d'arra-

cher cette tête si chère à l'échafaud déjà dressé ! Que
cette gloire lui reste : qu'ils en recueillent leur part
aussi, ces généreux étrangers qui, achevant son
œuvre, n'ont pas craint d'encourir d'honorables
châtiments pour épargner à la fureur des partis une
nouvelle victime de nos dissensions politiques !

Le défenseur de Lavalette avait fait son devoir. Il
est curieux de lire dans les Mémoires de ce dernier
comment il rendait justice à son dévouement :

« Le premier de mes avocats, dit M. de Lavalette,
« était un homme d'un esprit froid, juste et lo-
« gique. Le meilleur moyen de se préparer à me
« défendre fut de m'attaquer sur tous les points.
« Qu'avais-je à faire à l'hôtel des Postes ? Pourquoi
« venir si matin ? Pourquoi le courrier envoyé à
« Fontainebleau ? Pourquoi donner des ordres dans
« la journée ? Pourquoi ce bulletin qui court la
« France entière par des courriers de la malle ?
« Pourquoi arrêter les journaux et surtout le *Moni-*
« *teur*, qui contenait la proclamation du roi ? Enfin
« c'était à n'en plus finir. »

En effet, M. de Lavalette révèle ici une tactique familière à M. Tripier : se constituant tout d'abord l'adversaire de ses clients, il leur faisait mille objections, afin de s'aider de leurs réponses et de connaître mieux, en se plaçant sur son terrain, les secrets de l'ennemi qu'il avait à combattre.

Depuis l'affaire de M. Lavalette, M. Tripier, que le caractère de son talent éloignait des procès politiques, ne reparut plus que dans l'un d'eux, celui de la *souscription nationale*, où sa présence, comme défenseur de Gévaudan, et la modération de sa plaidoirie, ne furent pas sans influence sur l'heureuse issue du procès.

Mais parcourez les annales de la justice civile, vous le verrez chargé de rôles importants dans toutes les affaires où s'agitaient les plus hauts intérêts en même temps que les plus graves questions de droit.

Dès l'année 1815, il avait été nommé avocat de Monsieur, comte d'Artois. En 1818, son plaidoyer pour le sieur Julien, contre lequel le duc d'Or-

léans réclamait la propriété du Théâtre-Français.
lui mérita une autre distinction. Les prétentions du
prince, déjà défendues par la haute autorité de son
conseil, avaient été brillamment soutenues à l'audience par le talent de M. Dupin aîné; la cause du
client de M. Tripier semblait désespérée. Mais tel
fut l'effet du savoir profond à l'aide duquel il illu-
mina les obscurités de ce procès, qu'il força son
illustre adversaire lui-même à douter de son droit
et amena une transaction honorable pour toutes les
parties. Après cette affaire, M. le duc d'Orléans,
lui donnant la plus haute marque de l'estime que
lui avaient inspirée son talent et son caractère, l'ap-
pela au sein de son conseil privé, dont le savant
Henrion de Pansey disait, quelques années plus tard,
qu'il était la lumière.

Le temps nous presse, Messieurs. Combien de
grands procès il me faut passer sous silence! Que
ne puis-je vous parler des affaires Stacpoole, Dela-
marre, Perdonnet, du *Journal de Paris* et de tant
d'autres dans lesquelles M. Tripier contribua puis-

samment à fixer les incertitudes de la jurisprudence
sur un grand nombre de graves difficultés, et
acquit ainsi sur l'esprit de la magistrature l'autorité
la plus haute et la mieux méritée?

Rappelons du moins un procès où, comme dans
celui du comte de Saint-Leu, il sut rencontrer les
accents d'une chaleureuse éloquence. Il plaidait en
audience solennelle pour le docteur Gilles de Han,
contre lequel M. Gairal demandait la nullité d'un
legs universel fait en faveur de ce médecin par sa
femme, à laquelle il avait donné des soins pendant
sa dernière maladie. M. Tripier s'en indigna dans
sa réplique! Pressé par l'heure, et usant alors
d'une tactique habile pour obtenir le bénéfice d'une
seconde audience, il laissa de côté les faits du procès, développa à l'improviste cette thèse : que si
l'amour n'avait pas pu inspirer le don, l'amitié
seule et la reconnaissance avaient pu le motiver;
« et pendant un quart d'heure, raconte un de ses
illustres confrères qui fut plus tard son collègue
dans la magistrature, on vit la Cour et l'audience

entière émerveillées d'entendre cet avocat, si didactique ordinairement et si peu passionné, s'exprimer
avec une chaleur d'âme qui contrastait singulière-
ment avec sa sécheresse habituelle, monter par
degrés, et rencontrer sans effort un choix exquis
d'expressions, dont l'admirable justesse exprimait
avec un rare bonheur le sentiment si pur dont il se
montrait si animé. »

De même que le talent de M. Tripier n'avait pas
eu de date, il n'eut pas non plus de déclin. Tandis
que le temps fait pâlir et disperse une à une toutes
les gloires de l'ancien barreau, M. Tripier, resté
seul debout sur le champ de bataille, entre en lutte
avec une génération nouvelle, et conserve jusqu'à la
fin un esprit plein de vigueur et de jeunesse. C'est
seulement en 1825, à l'âge de soixante ans, qu'averti
par une faiblesse éprouvée à l'audience, il abandonne le Palais pour se livrer à la consultation.
Écoutez, Messieurs, les adieux que lui faisait alors
un grand orateur, en audience solennelle, au nom
du barreau tout entier :

« Dans cette cause difficile et chargée de détails
minutieux, disait M. Berryer, la dernière que ce
grand avocat aura plaidée devant vous, il a précisé
les questions que vous devez juger, avec cette netteté de vues, cette élocution pénétrante, cette puissance de dialectique, caractères distinctifs d'un
talent que nul n'a surpassé. Si dans nos luttes judiciaires il a pu rencontrer parfois des adversaires
heureux, toujours il sut se montrer notre modèle et
notre maître; c'est un hommage qu'on ne cessera
point de lui rendre, et dans ce moment où le barreau gémit de la résolution qu'il a prise de ne plus
se faire entendre, il me semble qu'après avoir joui
de ses exemples, je remplis un devoir quand je
cède au besoin de saluer cette longue renommée
qui va se conserver au milieu de nous, cette haute
et glorieuse réputation qui demeurera toujours
attachée à son nom. »

Vous l'entendez, Messieurs, la carrière de M. Tripier au Palais est terminée. Comment maintenant
accomplir jusqu'au bout ma tâche et apprécier l'a-

vocat en lui-même? Comment caractériser aujour-
d'hui sans l'avoir entendu, et après deux habiles
panégyristes (1), le talent de cet homme qui n'a laissé
après lui d'autre trace de ses admirables plaidoiries
que quelques notes desquelles on pourrait dire
breves quidem sed succi plenæ, et le souvenir
chez nos anciens de l'impression profonde que sa
parole produisait devant les tribunaaux ?

Il semble surtout que mon embarras doive s'ac-
croître quand, à ce nouveau point de vue, se présente immédiatement cette question : *M. Tripier
fut-il éloquent ?*

On se ferait une bien fausse idée de l'éloquence
judiciaire, si l'on se la représentait continuellement
au milieu des larmes et des sanglots, se livrant sans
cesse à des mouvements tumultueux et passionnés.
Ce n'est pas ainsi que la comprenait l'un des orateurs
les moins suspects d'erreur sur ce point, M. Delamalle. « Son véritable caractère, dit-il, est la gravité,

(1) M. Dupin, *Discours de rentrée*, 1840 ; Z...., *Droit*, du 17
mai 1837.

la sévérité. » Parlant au nom de la loi, s'exerçant sur des intérêts précieux, s'adressant aux magistrats, elle doit être claire et sérieuse, mesurée dans sa chaleur, convenable et décente dans l'emploi des passions. Aussi, au xvie siècle déjà, où la parole se laissait aller à de si burlesques écarts, voyez comment un illustre maître (1) résumait les qualités de l'avocat. Contrairement à Cicéron, il voulait qu'il fût plus savant en droit et en pratique que beau parleur, *plus dialecticien que rhéteur, et plus homme d'affaires et de jugement que de grand et long discours.*

Si tel est le type de l'avocat, M. Tripier n'en est il pas la réalisation ? Quoi de plus remarquable que la structure nerveuse de ses plaidoyers ? L'exorde embrasse tout le sujet. Vous sentez ensuite, comme un voile qui se soulève, s'écarter peu à peu toutes ces circonstances accessoires qui obstruent l'accès des esprits même les plus distingués : le terrain ainsi

(1) Loysel, *Dialogue des Avocats.*

préparé, les faits substantiels apparaissent en relief,
les questions de droit se dégagent et l'orateur entre
vivement dans la discussion. Là, vient se placer un
large principe de législation ou de morale ; ce principe, il l'imprime avec force dans la tête et dans le
cœur du magistrat ; il en fait l'âme de sa cause et
inspire à tous le besoin d'en trouver la consécration
dans la loi écrite. C'est alors qu'il faut le voir abor-
der le texte, en mettre au jour l'esprit et les termes,
élever devant lui une masse imposante d'arrêts et
d'autorités ; puis, se précipitant dans le système
adverse comme dans un camp ennemi, broyer les
sophismes, exposer dans toute leur nudité devant
la conscience effrayée du juge les iniques résultats
qu'il excelle à en faire ressortir en grand nombre,
et démontrer enfin, avec une éblouissante clarté,
après l'avoir fait vivement désirer, l'impérieuse né-
cessité de son interprétation. Les bases une fois
convenues, il faut le suivre de conséquence en conséquence ; tout est scellé avec un ciment indestruc-
tible. Comme sa renommée, son discours procède

avec lenteur; chaque détail en est disposé avec un soin minutieux; de tous côtés, à mesure qu'il s'avance, il s'entoure de bastions et de remparts; et, quand la dernière pierre est venue couronner l'œuvre, si le terrain est bon, c'est une citadelle inexpugnable!

Ne demandez pas à M. Tripier ces élans oratoires qui remuent l'âme de l'auditeur. La rectitude de son jugement lui en révèle le siége, il les indique même au passage; mais, tout entier à l'enchaînement de ses idées, pourrait-il, sans en amollir le nerf, pousser l'expression du sentiment jusqu'à la chaleur? Pour lui, toute digression est un écueil qu'il faut éviter; c'est toujours avec l'arme des lois qu'il attaque, qu'il combat et qu'il triomphe. Admirons cependant les ressources infinies de cette puissante organisation! Dans des circonstances solennelles, on le voit s'échauffer avec son sujet; son âme est remuée, sa parole étincelle, et l'émotion se répand, en même temps que devant les yeux du juge se déroulent des flots de vérité et de lumière.

En vain aussi chercherait-on dans ses plaidoyers ce style coloré, ces enjolivemens extérieurs qui donnent aux pensées de la fraîcheur et de l'éclat. Pressé par le démon de la logique, suivant une expression qui lui a été heureusement appliquée, a-t-il le temps de chercher ces tours brillants qui charment si rarement l'oreille sans nuire à la rapidité du discours? Il n'ira pas sans doute jusqu'à l'oubli des règles du langage ; mais ce qu'il cherche surtout, ce qu'il trouve toujours, c'est le mot le plus propre à exprimer sa pensée avec vitesse et précision.

Qui ne serait tenté de croire que l'âpreté habituelle de son langage, dépouille son discours de tout intérêt? Au contraire, ce qu'il perd en éclat, il l'acquiert en vigueur ; sans entraves dans sa marche, son argumentation devient plus pressante. On ne l'entendait jamais sans vouloir l'écouter. Que de fois ne vit-on pas l'auditeur que le hasard ou la curiosité avait conduit à l'audience, s'y trouver retenu malgré lui par l'attrait irrésistible de sa vive dialectique, et une plaidoirie commencée dans une salle presque vide se terminer devant un nombreux auditoire? Le juge lui-même n'échappait pas à l'ascendant de sa parole : malgré la longueur habituelle de sa plaidoirie, où nul moyen n'était omis, rarement une interruption, qu'il eût mal accueillie d'ailleurs, venait en briser le cours. On sentait qu'aucun de ces développements, parmi lesquels chacun pouvait choisir l'élément de sa conviction, n'était étranger à la cause, et qu'à l'écouter jusqu'au bout, personne, en définitive, n'aurait perdu son temps.

C'était une beauté mâle que celle des plaidoyers de M. Tripier. Ils offraient l'aspect, non d'un tableau animé de vives couleurs, mais plutôt d'une sévère statue de bronze, au ton uniforme, aux vigoureuses proportions. Comme l'éclat, la force a sa beauté ! On se plaît à voir ce qui charme les yeux, on admire ce qui impose. Telle est la merveilleuse richesse de notre nature, que la beauté jaillit non-seulement des inspirations du cœur, mais aussi du travail

habilement conçu d'une haute intelligence ! Et quand
ce travail est exprimé dans un langage passionné,
quand il se traduit avec cette véhémence, avec cette
chaleur d'âme qui se communique à tout l'auditoire,
le remue et le captive, songe-t-on alors à se demander dans quel style et par quels moyens est
produit cet admirable effet ? N'est-ce pas la parole
dans toute sa puissance, n'est-ce pas l'éloquence
enfin ?

A côté des plaidoyers de M. Tripier, plaçons sans
crainte ses consultations si laconiques, si substan-
tielles. Sous ce rapport, on peut dire à son éloge
qu'il fut toujours de l'ancienne école. On sait combien de travaux coûtaient à nos célèbres avocats
d'autrefois ces remarquables consultations qui exer-
çaient devant la justice la plus légitime autorité,
tandis que, dans le public, elles avaient parfois
tout l'intérêt des œuvres littéraires. Fidèle à ces
précieuses traditions, M. Tripier montrait sur ce
point une excessive réserve. Plus l'influence de son
opinion était grande, plus il craignait de la prodi-

guer légèrement. Un examen approfondi et souvent
des débats consciencieux avec le savant jurisconsulte dont il ne cessa de rechercher l'amitié et les
lumières (1), précédaient l'émission de son avis sur la
prétention en faveur de laquelle le poids de son
nom était sollicité.

Depuis trois ans, M. Tripier se livrait exclusive-
ment à ce genre de travaux, lorsque le conseil de
discipline, dans le sein duquel il avait siégé sans
interruption depuis 1815, lui décerna la suprême
récompense due à son immense mérite, en le nom-
mant à l'unanimité bâtonnier de l'Ordre.

Cette dignité fut pour lui le prélude de toutes les
autres. Élevé bientôt aux plus hautes fonctions de
la magistrature et de la politique, il va s'y poser
comme dans une nouvelle arène et y porter cette
verdeur d'esprit, cet amour du travail qui l'ont distingué jusqu'à son dernier jour.

A la fin de l'année 1828, il est nommé conseiller

(1) M. Grappe, professeur de droit civil.

à la Cour royale de Paris. Quelques jours après la révolution de Juillet, il devient président de Chambre. En 1851, il est appelé à occuper un siége à la Cour de cassation.

A l'entrée de M. Tripier dans la magistrature, notre appréciation ne doit-elle pas s'arrêter? Les qualités du magistrat ne sont pas de celles qui jettent un vif éclat au dehors; non moins modestes qu'austères, elles se développent et demeurent longtemps ensevelies dans l'enceinte de la chambre du conseil. Cependant un jour arrive où il se répand autour du magistrat consciencieux et éclairé je ne sais quelle imposante majesté qui lui sert d'auréole et inspire le respect à tous ceux qui l'approchent. Cette douce récompense n'a pas manqué à M. Tripier. Déjà il avait su la mériter de ses anciens confrères, lorsque, président de chambre, il prêtait à leurs plaidoiries la plus religieuse attention, sachant, par sa longue expérience, combien l'avocat puise de courage dans ce recueillement du magistrat si conforme d'ailleurs aux intérêts et à la dignité de la justice. A la Cour

4

suprême, la remarquable lucidité de ses rapports, la rare mémoire avec laquelle il résumait dans la chambre du conseil toutes les raisons saillantes de chaque affaire, et la conscience scrupuleuse parfois jusqu'à la timidité qu'il mettait à donner son avis, l'avaient placé si haut dans l'estime de ses collègues, qu'ils le désignaient comme l'un des plus dignes d'être appelé un jour à l'honneur d'une présidence.

A ceux qui répandent ou partagent cette fausse opinion, qu'un long exercice au barreau est une mauvaise préparation aux fonctions de la magistrature, nous pouvons opposer, à toutes les époques, de glorieux exemples: autrefois, Pierre Pithou, Loysel, Etienne Pasquier, Omer Talon! de nos jours, pour n'en pas nommer d'autres encore, M. Bonnet et M. Tripier! Soyons fiers d'appartenir à une profession qui, par les études qu'elle exige, par le relief qu'elle donne aux grands talents et aux grandes vertus, a de tout temps été le chemin des plus hautes dignités! Soyons-en fiers et aimons-la, non pas parce qu'elle a toujours conduit à la gloire et aux succès,

mais parce qu'elle inspire cette noblesse de cœur,
cette générosité d'âme, sans lesquelles une aussi
longue tradition de succès et de gloire serait inex-
plicable !

M. Tripier avait acquis la meilleure partie de sa
renommée quand la vie politique vint réclamer son
expérience et ses lumières. Il n'avait fait que passer
sur la scène dans cette courte législature des cent-
jours, qui vota la fameuse déclaration de la souve-
raineté du peuple portant que le chef de l'état tien-
drait sa couronne du président de la chambre, son
épée du ministre de la justice. Élu de nouveau en
1822, comme député de l'opposition, par l'un des
colléges électoraux de Paris, appelé dix années
après par le choix du Roi à la dignité de pair de
France, on le voit rarement se jeter dans les luttes
ardentes des partis. Inaccessible à la passion du
moment, il ne prend part aux discussions orageuses
que pour rappeler les chambres aux principes de la
constitution ou au sentiment de leur dignité. Mais
voulez-vous avoir une idée de l'importance des ser-

vices par lesquels sa présence est signalée au sein de
nos assemblées législatives? Relisez, Messieurs, les
travaux préparatoires de toutes les lois relatives à
des intérêts commerciaux ou civils, administratifs ou
judiciaires, travaux désertés du plus grand nombre,
où M. Tripier ne manquait jamais d'apporter des
vues souvent fécondes et toujours profondément
méditées. Étudiez les rapports dont il fut chargé
dans les commissions par la confiance de ses collègues et surtout celui sur la loi des *faillites*, qui
restera toujours un chef-d'œuvre de clarté, de
méthode et de profond savoir. De nos jours, où la
politique de circonstance semble absorber presque
entièrement l'attention des chambres, n'est-il pas
précieux de trouver dans leur sein quelques-uns
de ces hommes modestes et consciencieux qui, sans
se rebuter devant l'aridité d'aucun travail, ambi-
tionnent moins l'éclat éphémère d'un succès de
tribune que l'honneur d'attacher leur nom à des
améliorations aussi importantes que durables? A
chacun sa mission dans cette refonte successive de

notre législation : celle que choisit M. Tripier fut la
moins brillante peut-être, mais à coup sûr, ce ne
fut pas la moins utile pour son pays !

Qu'ai-je de plus,.Messieurs, à vous faire connaître?
Par sa vie publique, vous devinez sans peine sa vie
privée. Élevé avec rigidité par son oncle, accoutumé
à vivre de peu dans les études de procureur, forcé
de borner ses besoins pendant ses longs débuts, il
conserva plus tard, au milieu de la richesse et des
honneurs, la simplicité dont il avait contracté l'habitude dans sa jeunesse. Autant la forme abrupte de
son style tranche sur les dehors brillants de celui de
ses anciens confrères, autant l'austérité de ses habitudes fait contraste avec le luxe moderne. Comme il
écarte le superflu de ses discours, il bannit le faste
de sa maison.

Il est admirable de voir combien cet esprit si
ferme et si actif achève de travaux en une journée.
Chaque heure a sa tâche déterminée à l'avance et
remplie ensuite avec une mathématique précision.
Partagé entre des fonctions de toute nature, il ap-

plique aux plus petites la même attention qu'aux
grandes; il fait chaque chose en son temps, en son
lieu, avec ordre et méthode. Magistrat ou pair de
France, membre du conseil privé du Roi ou membre
du conseil général de la Seine, membre du conseil
d'administration des hospices ou de la société du
patronage des jeunes détenus, inspecteur des écoles
primaires ou administrateur des Jeunes-Aveugles,
conseiller municipal ou fabricien, il suffit à tout,
surpasse partout ses collègues en zèle et en dévouement; et, au milieu de tant d'occupations, le travail
semblant lui manquer encore, il se montre le plus
exact à remplir les devoirs du monde et de l'amitié.

Au Palais, il est prêt à toutes les audiences. Sans
agenda, il n'oublie aucune affaire, et il plaide chacune d'elles comme s'il n'en avait pas d'autres.
Quelle indomptable énergie! Travaillant partout et
toujours, il trouve l'isolement au milieu même de
la foule. Soit qu'on le voie courbé sur ses dossiers
dans le plus obscur recoin d'une salle d'attente, soit
qu'on l'observe à l'audience lorsque, les yeux con-

stamment fermés, plongé dans un profond recueillement, dont l'apparence équivoque fit trembler plus
d'un inquiet plaideur, il écoute pendant des heures
entières un adversaire, auquel il va sur-le-champ
répliquer ; on ne se lasse pas d'admirer cette puissance d'attention, qui semblerait un don de la nature, si l'on ne savait qu'elle est une conquête de
sa volonté.

Les jours où une audience ne le retenait point à
Paris, M. Tripier se réfugiait avec bonheur à sa
campagne de Noisy-le-Sec, où l'appelait l'attrait
des vieux souvenirs. C'était sa retraite contre ses
clients, mais non contre ses amis. Là, on le trouvait,
tantôt, adroit jardinier, activement occupé à bêcher
un coin de terre ; tantôt, épuisé de fatigue, assis sur un
tertre qu'il avait élevé lui-même, cherchant le repos
dans les dédales d'une affaire. Maire de ce village,
il lui créa de riches moyens de communication, un
commerce florissant. Ce n'était pas assez pour lui de
hâter les travaux par ses conseils ; il fallait voir,
pendant les vacances, le grand avocat, transformé

en intelligent ouvrier, faisant sa corvée comme les autres, partageant leurs fatigues, s'associant à leurs habitudes et préparant ainsi parmi eux, à la sueur de son front, un avenir aujourd'hui réalisé de richesse et d'abondance. Mais comment vous dire l'ineffaçable reconnaissance de ces nombreuses familles qui trouvaient leur bien-être dans la culture des terres que M. Tripier leur conservait à perpétuité, malgré les offres de tous les envieux? Comment vous peindre cette touchante illusion de ces vieux laboureurs, tellement habitués par une possession continue à s'en croire les propriétaires, que, sûrs à l'avance de voir leur volonté accomplie, ils les donnaient en dot à leurs filles, ou bien en faisaient, avant de mourir, le partage entre tous leurs enfants? Heureux l'homme qui, de nos jours, sut inspirer et respecter cette patriarcale coutume, empreinte de la bonne foi des premiers âges! Aussi, Messieurs, ceux de vous qui ont suivi ses funérailles n'ont pas remarqué sans émotion, derrière les nombreux représentants de la Chambre des pairs, de la magistrature et du barreau, un plus modeste et non moins nombreux cortége : c'était celui des habitants de Noisy-le-Sec, accourus en foule pour rendre hommage à leur ancien maire, à leur plus zélé bienfaiteur !

Mais c'est dans son intérieur surtout qu'on était heureux de le connaître et qu'on apprenait à le vénérer. Ami constant et dévoué, simple et affectueux dans sa famille, dont il était l'amour et la gloire, il laissait voir en lui l'accord de ces rares qualités dont une seule suffit pour honorer un caractère, la fermeté, la justice, la bonté. « Admis dans son intimité, disait M. Mauguin sur sa tombe, j'ai pu apprécier ses vertus, et ma mémoire reconnaissante n'oubliera jamais qu'il protégea mon jeune âge de son amitié... »

M. Tripier est mort au travail. Il s'était trouvé mal dans la chambre du conseil de la Cour de cassation ; deux jours après, il voulut reparaître à l'audience et ne put achever son rapport. Un dernier mot le caractérise tout entier. Un jour que, pendant sa dernière maladie, M. le procureur-général lui reprochait affectueusement d'avoir excédé la mesure de ses forces, « *Mon ami*, répondit-il avec tranquillité, *il le fallait bien, c'était une affaire indiquée !...* »

M. Tripier a cessé de vivre le 26 avril 1840. Déjà le barreau a déposé sur sa tombe de solennels adieux. Aujourd'hui nous sommes venus nous recueillir sur sa vie.

Quand on l'examine dans son ensemble, on en voit ressortir deux graves et précieux enseignements : succès immense obtenu tout entier par de patients efforts, révolution opérée dans l'éloquence judiciaire, voilà le double titre de M. Tripier à nos souvenirs.

Honneur donc à l'homme qui, par la vie la plus laborieuse de notre époque, nous a révélé le véritable sens de cette maxime : *il y a place pour tous au barreau !*

Honneur aussi au novateur hardi dont le rude marteau, réduisant en poudre les riches débris du vieux temple, a posé les fondements d'un nouvel édifice ! Ah ! gardons-nous bien de lui faire un trop sévère reproche d'avoir, aux temps de guerre, moins

songé à l'embellir qu'à l'entourer de remparts inac-
cessibles et d'avoir pris plus de soin de sa solidité
que de sa magnificence ! Mais aujourd'hui, ne l'ou-
blions pas, la paix est rétablie : l'armure dorée des
anciens héros est déposée sur leurs tombes avec leurs
glorieuses couronnes. N'est-il pas temps de quitter
l'uniforme de guerre? Et faut-il, par excès de sévérité dans sa parure, laisser périr l'éloquence judiciaire? Non, Messieurs. Déjà la voie nous est tracée.
Voyez, en effet, en présence du vainqueur des anciennes renommées, s'est élevée une génération
nouvelle. Sous le consulat et sous l'empire se sont
formés de jeunes soldats. Habiles à manier l'arme
moderne, ils ont conservé des brillantes manœuvres
dont ils ont été témoins quelques heureuses réminis-
cences. Les talents sont divers : l'un, animé du
souffle chaleureux de Gerbier et de Mirabeau, fournit
sa course d'un bond impétueux et rapide; une verve
incisive et pénétrante fait ressortir chez l'autre les
ressources d'une inépuisable érudition. Celui-ci se
distingue par la finesse de sa méthode et par l'élé-

gance de son esprit; à celui-là l'on envie la douce
chaleur de son âme, source si pure de sa gracieuse
et abondante parole. D'autres enfin, qu'il n'est pas
temps de louer, parce qu'il nous est donné chaque
jour de les admirer encore, ne brillent-ils pas à
nos yeux par des mérites aussi rares que variés?
Mais, sous la multiplicité de ses formes, c'est toujours la même école ; c'est l'école fondée par
M. Tripier, alliant ses qualités solides aux richesses
de l'ancienne éloquence, recherchant la beauté après
avoir acquis la force, parant son extérieur enfin pour
se montrer en tout digne de son triomphe !

En présence de ces éclatants progrès, qui donc
désespérerait de l'éloquence judiciaire? Comment ne
fermerait-on pas l'oreille à ces voix sinistres qui
prédisent sa décadence? Pour nous, Messieurs, qui
connaissons son histoire, pour nous qui savons
comment elle a successivement grandi, depuis le
XVIᵉ siècle , à travers les révolutions, ayons foi
en son avenir ! Préparons-nous en silence, par des
études fortes et sérieuses, à le rendre digne de son

passé; et un jour viendra, n'en doutez pas, où ceux de nous dont l'heureuse nature aura favorisé les efforts, prouveront à ces prophètes blasphémateurs que l'éloquence du barreau est encore appelée à de glorieuses destinées!

M. TRIPIER.

ARTICLE EXTRAIT DU BARREAU,
ÉTUDES ET PORTRAITS,

PAR

OSC. PINARD,
AVOCAT A LA COUR ROYALE DE PARIS.

M. TRIPIER.

Il est, dans tous les arts, certains hommes auxquels la critique, pour être juste, doit une attention
spéciale, par cette raison surtout qu'étranger aux
habiletés vulgaires, ne recevant aucun secours des
circonstances extérieures, à peine éclairé par la pu-
blicité, réduit à ses propres forces, leur talent aura
été plus simple, plus franc et plus désintéressé.

A une époque de succès prématurés et de virilités

5

hâtives, où le génie impatient s'ajourne de lui-
même à bref délai, lorsque personne ne veut donner le temps au temps, on ne doit pas assister non
plus, sans quelque intérêt, au spectacle d'une de
ces intelligences calmes et sérieuses, s'épanouissant
avec lenteur dans le travail et dans la retraite,
marchant toujours du même pas, ne se fiant qu'à
la raison, poussant jusqu'à l'excès le mépris des
ornements inutiles, faisant crédit à la gloire sans
compter, marquant chaque jour par un progrès, et
n'atteignant enfin, qu'à force de pratique et d'étude,
à une abondante et complète maturité.

Qui pourrait, à ces traits, ne pas avoir reconnu
un des hommes les plus éminents du barreau moderne, et celui de tous, peut-être, qui semble
avoir pris le moins de souci de sa renommée, à ce
point, que pour en retrouver quelque chose, on en
est déjà réduit à des traditions et à des souvenirs?

A ceux qui n'ont pas entendu M. Tripier, comment faire pour donner une idée, même imparfaite,
de ce talent tout d'une pièce, uni et solide, sans

dorure et sans placage, dont il était impossible de rien détacher, à peine de briser l'œuvre entière, tant la soudure du raisonnement en avait fait un tout compacte et indivisible?

On n'aurait pas même ici la ressource de certains hors-d'œuvre oratoires, comme il s'en trouve dans tous les discours d'apparat; improvisations préméditées qui se prêtent avec tant de complaisance à la citation isolée, et qu'on pourrait appeler les airs de bravoure de l'éloquence; décorations nomades qu'on voit émigrer d'une cause dans une autre, et qui de loin, sur des regards distraits, n'en produisent pas moins des effets assez curieux de perspective.

M. Tripier n'a jamais connu le luxe de ces enjolivements parasites, peu compatibles d'ailleurs avec l'austère simplicité de son esprit; sa logique vigoureuse et inflexible, toujours pressée et toujours infatigable, n'aurait su que devenir dans ces haltes brillantes, où les idées, avant de reprendre leur route, paraissent se reposer au milieu de la pompe des mots.

Il avait pour habitude de marcher droit devant lui, passant au travers des phrases sans trop y prendre garde; tordant celles qui le gênaient pour les plier un peu plus vite à sa pensée; inhabile, comme à plaisir, à toutes les finesses du langage, et laissant aux mots le soin de se discipliner eux-mêmes.

Chez M. Tripier, la pensée était tellement nette et tellement précise, mûrie avec tant de recueillement par la réflexion et par le travail, que le mot était toujours au bout, net et précis lui-même, comme une formule mathématique.

Aussi, quoique doué, dans l'origine, d'une facilité ordinaire, se trouva-t-il tout d'un coup affranchi par la nature même de son esprit, si mâle et si sobre, de ces inquiétudes sans relâche et de ces poignantes angoisses, au prix desquelles les plus habiles orateurs ont bien souvent payé la gloire de leurs triomphes.

Pour M. Tripier, l'éloquence c'était la raison agissante et armée de la parole; à ses yeux, l'expression

qui disait le plus vite la chose devait être la meilleure ;
à tout prendre, il en aurait plutôt forgé une à l'instant
même que de perdre, en guettant un mot rebelle,
le fil de la pensée et la trace du raisonnement.

. C'est ainsi qu'on a parlé beaucoup de ses dédains
pour la langue, et du peu de soin qu'il prenait à
rajuster les parties d'un discours, comme si l'on eût
voulu glorifier en lui des imperfections qui parais-
saient attester d'autant plus sa puissance ; il est
permis de croire, cependant, qu'on a trop vanté
M. Tripier à ce sujet, et que, s'il voulait bien igno-
rer, comme il l'a fait toujours, les élégances du langage, il savait du moins en respecter les lois.

On ne peut nier cependant qu'une fois son parti
pris sur les mots, résolu d'avance à ne leur rien
sacrifier, à résister dans toutes les circonstances à
leurs séductions, à viser toujours à la démonstration, sans s'inquiéter du reste, son talent n'ait dû
en recevoir une allure plus fière et plus dégagée.

Et si l'on songe que M. Tripier, jeune et inconnu,
auquel ne fut épargnée aucune des amertumes du

début, et qui connut tous les ennuis d'un long et
stérile noviciat, n'en introduisait pas moins de force
cette logique nue et dépouillée, dont il devait faire
un jour un instrument si redoutable, au milieu des
prestiges de cette éloquence ornée et retentissante
de MM. Delamalle, Bellart, Blacque et Bonnet,
héritiers des grands avocats du xviiie siècle, dont
ils avaient conservé les enseignements et les traditions, on sera forcé de reconnaître, dans le novateur obscur, un esprit puissant et original.

Jeté par le sort à la fin d'un siècle qui venait de
détrôner tous les dieux, il semble qu'il ait voulu
renverser les vieilles superstitions oratoires, et devi-
nant les instincts du siècle qui allait naître, lui
faire une éloquence à son image, c'est-à-dire une
éloquence pressée et positive.

C'est de M. Tripier que date la réforme, dont on
pourrait dire qu'il fut le Calvin; qu'on a exagérée
comme on exagère toutes les réformes; qui porte
bien les empreintes rigides de son intelligence, à
laquelle vinrent s'associer plus tard, avec des

nuances diverses, la plupart des avocats distingués qui brillèrent depuis au Palais, et qui ne tendait à rien de moins qu'à substituer aux anciens procédés et aux anciens principes de l'école et du barreau, cette méthode rigoureuse et didactique, et cette éloquence en ligne droite qu'on y voit régner presque sans partage aujourd'hui.

Aussi, s'agit-il d'interroger de plus près le talent de M. Tripier, d'en discerner le caractère véritable et la nature particulière, on éprouve quelque embarras pour le faire, suivant l'idée qu'on a pu se créer à soi-même des ressources et des secrets de l'art oratoire.

Pour ceux, en effet, qui ne peuvent se résigner à séparer l'éloquence des beautés de la forme et des richesses du langage, qui aiment à lui prêter des accents troublés et des cris involontaires, qui regrettent encore pour elle le beau ciel et la langue harmonieuse de la Grèce, et lui demanderaient presque, comme à la muse tragique, des émotions, des douleurs et des larmes, il est évident que

M. Tripier n'a dû jamais être que le premier des logiciens ; mais il en est d'autres, blasés plus vite qu'on ne pense sur l'attrait de tous ces artifices, dont l'œil pénétrant entrevoit tout de suite le fond des choses, vivant en eux-mêmes, sérieux et réfléchis, se plaisant surtout aux combats de l'intelligence, que devaient frapper vivement la parole acérée et la raison infaillible de l'orateur, et qui n'hésitaient pas dans quelques occasions à les élever à la hauteur de l'éloquence.

Et puis, à le voir si sûr de lui-même, armé de toutes les raisons que pouvait fournir sa cause, marchant sans regarder autour de lui, ne parlant jamais qu'à ses juges, on éprouvait une satisfaction calme et paisible que n'offre pas toujours l'aspect de luttes plus hardies et plus périlleuses.

C'est là le propre des habitudes constantes et positives de la réflexion, que l'esprit une fois façonné, s'y plie à chaque heure, se trouve toujours prêt, et n'a plus à redouter quelques-unes de ces surprises inattendues qui viennent si souvent dé-

concerter, dans les moments décisifs, les imagina-
tions les plus riches et les plus brillantes.

M. Tripier n'a pas eu de style proprement dit ; il
manquait de cette qualité extérieure qui, donnant du
relief et de la couleur aux pensées, a pour effet de
leur rendre ensuite, aux yeux de ceux qui doivent
suivre, une sorte de fraîcheur et d'éclat ; pour lui,
la pensée avait seule une valeur réelle et intrinsè-
que ; il ne songeait pas assez que les mots repré-
sentent les idées, et qu'il n'est pas tout à fait
indifférent de payer en or ou de payer en petite
monnaie ; voilà peut-être ce qui pourrait expliquer
les traces, hélas ! trop vite effacées, que va laisser
après lui son immense mérite.

On se tromperait néanmoins si l'on venait à
croire que toutes ces délicatesses négligées dussent
nuire le moins du monde à l'avocat, lorsqu'elles
avaient pour résultat inévitable, au contraire, de
retremper sa vigueur en prêtant à sa discussion,
déja si âpre et si indomptable, quelque chose de
plus saisissant et de plus imprévu.

Il ne faut que l'avoir vu, tel qu'il était, possédé du démon de la logique; orateur qui n'avait aucune des vanités de l'orateur; dédaignant l'éclat et le bel esprit; se cramponnant au juge de toutes les forces de sa conviction; toujours sobre et austère, mais impétueux et irrésistible; maître de lui-même, afin de devenir maître des autres; broyant les sophismes dans les engrenages de son argumentation serrée et véhémente; prêtant enfin à la raison, et à la raison seule, un langage ardent et passionné, qui n'a jamais été qu'à lui, — pour se rappeler un des plus rares et des plus parfaits modèles de l'éloquence judiciaire.

Il serait assez difficile aujourd'hui de faire comprendre à ceux qui ne l'ont pas entendu comment il se faisait que M. Tripier tirait parti de tout, même de ses défauts, si ce n'est par cette merveilleuse puissance du travail qui avait opéré en lui comme une transfiguration complète.

Qui ne se souvient, par exemple, de cette voix aigre, mais juste, et sonnant comme une cloche à

laquelle semblait être attaché le don de rompre,
par ses vibrations métalliques, la monotonie de la
dispute, et de réveiller vivement l'attention endor-
mie?

Enfin, lorsque, il y a vingt ans à peine, M. Tripier
abandonnait la lice, chargé de travaux et de triomphes, il méritait de recevoir, de l'aveu de tous,
ces adieux solennels que lui adressait M. Berryer au
nom du barreau tout entier, et dont il faut citer les
termes comme un noble hommage rendu par un
grand orateur à un grand avocat.

« Dans cette cause difficile et chargée de détails
minutieux, disait M. Berryer, la dernière que ce
grand avocat aura plaidée devant vous, il a précisé
les questions que vous devez juger avec cette netteté
de vues, cette élocution pénétrante, cette puissance
de dialectique, caractères distinctifs d'un talent que
nul n'a surpassé. Si dans nos luttes judiciaires il a
pu rencontrer parfois des adversaires heureux, toujours il sut se montrer notre modèle et notre maître ;
c'est un hommage qu'on ne cessera point de lui

rendre, et dans ce moment où le barreau gémit de
la résolution qu'il a prise de ne plus se faire entendre, il me semble qu'après avoir joui de ses
exemples, je remplis un devoir quand je cède au
besoin de saluer cette longue renommée qui va se
conserver au milieu de nous, cette haute et glorieuse réputation qui demeurera toujours attachée à
son nom. »

Par combien de durs travaux et de dures épreuves
l'athlète couronné de 1826, l'avocat mêlé à toutes
les grandes querelles judiciaires de son époque,
avait-il acheté l'honneur de ses derniers triomphes?
c'est là ce qu'il faudrait tâcher de redire comme un
encouragement et comme une leçon qui ne devraient
être perdus pour personne. Combien en est-il, dans
ce siècle amoureux de gloire toute faite et de succès
en serre chaude, qui prendraient en pitié les com-
mencements obscurs et la patience laborieuse de
M. Tripier!

S'il est vrai, comme on l'a dit de Platon, à peine
né, que les abeilles de l'Hybla soient venues déposer

leur miel sur ses lèvres, il faut convenir, au moins,
que le miracle ne s'est pas renouvelé depuis, et que
le plus sûr serait de ne pas s'y fier. On ne pourrait
guère rééditer ces fictions menteuses à propos de
M. Tripier, qui, loin d'escalader la fortune et la
gloire, comme il est devenu si facile de le faire,
n'en a gravi le faîte, au contraire, qu'avec toutes
sortes de lenteurs et de difficultés ; seul il a porté sa
croix dans les sentiers escarpés et arides, n'ayant
d'autres soutiens que l'amour de l'étude et l'amour
de la retraite ; il y avait en lui une constance froide
et systématique, qu'aucun obstacle ne pouvait
décourager, et qui marchait lentement à son but,
sûre de l'atteindre, et sans reculer un seul jour.
Est-il possible aujourd'hui de se figurer une intelligence studieuse et contenue, enfermée en d'étroites
limites, ne débordant jamais, et que ne tour-
mentaient pas, surtout, ce vague désir de con-
naissance et cette curiosité inquiète, qui, vous
poussant sur toutes les routes, ne vous permettent
pas d'aller bien loin sur aucune? Ces premières

impressions et ces premières habitudes de la jeunesse, qu'allaient encore fortifier l'âge et l'expérience, nous font pressentir ce qu'il doit y avoir en lui de singulier et de vraiment caractéristique. On y voit l'homme attaché tellement à la poursuite du but auquel tendent tous ses efforts, que les objets extérieurs échappent à ses regards, et que son talent, mûri plus tard, au travers de tant d'événements, n'en recevra aucune teinte, et sera, dans sa perfection, un talent sans date. Il est évident que les faits les plus graves et les plus significatifs passeront auprès de lui sans le toucher, et que son esprit solitaire, méprisant les avances que tant d'autres vont faire à l'opinion publique, ne saura jamais y puiser le secret d'une allusion piquante et d'un rapprochement ingénieux.

Venu à Paris avant la révolution, avec son frère, à peu près du même âge, homme très-distingué, qui a laissé dans les affaires un des noms les plus honorables et les plus regrettés, M. Tripier, averti par une vocation secrète, se préparait, par le tra—

vail, aux rudes victoires que lui réservait l'avenir.
Ce fut ainsi qu'après une jeunesse studieuse et appliquée, il paraissait au barreau vers l'année 1790, à
l'époque à peu près où le barreau allait rejoindre
la vieille monarchie et la vieille société. Attaché
comme membre du ministère public, après le 9
thermidor, à l'une des juridictions civiles de Paris,
il n'y resta que peu de temps, et comme attendant
avec impatience l'occasion de conquérir sa place
ailleurs.

Ses premiers pas, comme on l'a dit, furent lents
et pénibles ; cela devait être ; le talent de M. Tripier,
nerveux, substantiel, positif, auquel manquaient
encore la hardiesse et l'aplomb que le succès peut
seul donner, faisant contraste d'ailleurs, par ses
qualités et par ses défauts, avec tous les talents
d'alors, n'était pas de ceux auxquels la jeunesse prête
des grâces particulières ; c'était un talent sans prin-
temps et sans fleurs ; il fallait qu'il fût arrivé à une
maturité plus entière pour qu'on pût en goûter toute
la saveur.

Personne n'était là pour lui tendre la main et
l'aider à franchir cette barrière infranchissable,
qui sépare éternellement pour quelques-uns la région obscure de la région éclatante et lumineuse, où
le talent se déploie librement et au grand jour.
M. Tripier ne s'en émut pas; résigné à parcourir
tous les degrés de la hiérarchie et à conquérir tous
ses grades sur le champ de bataille, il ne vit, dans
tant d'obstacles accumulés, qu'un motif de plus
pour redoubler d'ardeur et perfectionner, par une
pratique assidue, les procédés nouveaux avec lesquels il avait conçu l'ambition de se frayer la route.
On sait comme il y parvint à force de persévérance;
l'avocat, obscur longtemps et méconnu, se trouva
monté tout d'un coup à une place éminente et
incontestée. Ce qu'il faut remarquer, c'est que son
talent n'eut pas de point d'arrêt; acquérant chaque
jour des forces nouvelles, gagnant en profondeur
sans gagner peut-être autant en étendue, il paraissait plein de vigueur encore et de jeunesse à son
déclin, au moment même où il lui fallait céder, en

quittant la carrière, à la fatigue et aux années. Il ne
pouvait en être autrement avec la nature tenace et
laborieuse de l'esprit de M. Tripier, qu'on vit toujours mécontent de ce qu'il avait dit ou de ce qu'il
avait fait, se marchander lui-même, se mettant
pour ainsi dire au rabais ; loin de faire, comme
tant d'autres qui s'agenouillent pieusement devant
leur éloquence, tâchent de donner des arrhes à la
gloire, et croient prendre, en faisant leurs affaires
eux-mêmes, des précautions plus sûres avec l'avenir.
On conçoit qu'un talent comme celui-là, nourri
d'une substance réelle et positive, voué exclusive-
ment à la science des affaires, accoutumé, lorsqu'il
parlait à des juges le langage de la loi, à faire ab-
straction des passions et de l'humanité, n'ait dû
jamais ressentir qu'un assez faible attrait pour les
causes politiques. Pourtant sa célébrité, dont le
bruit avait enfin dépassé les limites de l'enceinte
judiciaire, ne pouvait manquer de le désigner à la
confiance de quelques-unes des victimes de nos
discordes civiles. Déjà, en 1814, elle lui avait

donné pour client un roi sans couronne, qui venait comme suppliant demander ses enfants à la justice ; dans cette cause pleine de déchirements et de san‐glots, où son talent se révéla, dit-on, sous une face tout à fait nouvelle, il eut l'honneur de vaincre un redoutable adversaire, M. Bonnet. Après les cent-jours, pendant lesquels il alla s'asseoir parmi les représentants de la nation, ce fut encore lui qui, cette fois, disputa vainement à la colère des partis la tête d'un soldat de l'armée d'Egypte et d'Italie, un des hommes les plus nobles et les plus dévoués, de M. de Lavalette.

Il est assez curieux de lire, dans les Mémoires de ce dernier, quelques particularités pleines d'intérêt, dont le souvenir doit honorer le caractère de M. Tripier, si l'on se reporte surtout à ces jours dif‐ficiles où des courages plus fastueux que le sien avaient faibli.

« Le premier de mes défenseurs, M. Tripier, dit M. de Lavalette, était un homme d'un esprit froid, juste et logique. Le meilleur moyen de se préparer à me défendre, fut de m'attaquer sur tous les points. Qu'avais-je à faire à l'hôtel des postes? Pourquoi venir si matin? Pourquoi le courrier envoyé à Fontainebleau? Pourquoi donner des ordres dans la journée? Pourquoi ce bulletin qui court la France entière par les courriers de la malle? Pourquoi arrêter les journaux et surtout le *Moniteur*, qui contenait la proclamation du roi? Enfin, c'était à n'en plus finir. »

Est-il permis de faire observer ici que M. de Lavalette trahit, sans s'en douter, une tactique familière à M. Tripier, qui consistait à étudier avec un soin minutieux tous les secrets de son adversaire de de manière à porter la guerre chez lui, s'il en était besoin, et l'empêchait d'être jamais surpris ou troublé par aucune objection.

M. de Lavalette rend compte ensuite de ces tracasseries de détail par lesquelles les vainqueurs implacables de 1815 voulaient préluder à sa condamnation capitale :

« M. de Lacroix-Frainville eut un moment de

faiblesse; il voulait donner un autre défenseur. M. Tripier répondit froidement : Je n'ai besoin de personne; je défendrai tout seul mon client. C'est mon devoir, aucune considération ne me fera reculer. »

Là finit à peu près le rôle de M. Tripier comme avocat politique; si plus tard on trouve son nom mêlé à des procès de la presse, ce fut plutôt un gage qu'il voulut donner à des opinions qu'il partageait avec mesure, qu'une prise d'armes efficace dans des luttes un peu vives, dont il abandonnait à d'autres les honneurs et les témérités.

Nommé député vers l'année 1822, il eut l'idée un instant de se livrer entièrement à la vie politique : il n'est pas douteux qu'avec une aptitude aussi développée que la sienne, il n'eût acquis une grande influence au sein des assemblées législatives.

Maintenant qu'on connaît de M. Tripier cette existence si remplie, et qui se poursuit au milieu du travail et de la pratique, on ne peut se défendre d'une sorte de pudeur à prendre la mesure de sa capacité scientifique, comme on prendrait la mesure d'un homme qui en serait encore à faire ses preuves.

M. Tripier possède-t-il bien la science des livres, cette science inquiète et tourmentée, avide surtout de curiosités, qui se laisse prendre quelquefois à des idéalités vagues, et trébuche bien souvent dans l'application ?

Lancé si jeune dans les affaires à une époque où les sciences philosophique et historique étaient toutes deux confuses et incomplètes, a-t-il eu depuis le loisir de rechercher les sources, de remonter aux origines, et d'étudier le droit dans ses racines et dans ses analogies avec l'histoire et la philosophie ? c'est ce qu'il ne serait pas possible d'affirmer.

Mais ce que tout le monde sait, c'est que personne n'est doué, à un plus haut degré que lui, de cette intelligence rapide et sûre, de ces appréciations exquises et de ce tact parfait que la science seule ne pourrait donner, et qui font les grands magistrats et les grands avocats.

DISCOURS

PRONONCÉS SUR LA TOMBE DE M. TRIPIER

PAR

MM. MAUGUIN ET PAILLET.

EXTRAIT

DE LA GAZETTE DES TRIBUNAUX

DU 29 AVRIL 1840.

———

Les obsèques de M. Tripier ont eu lieu aujour-
d'hui au milieu d'un concours qui était venu rendre
ce triste et dernier hommage à la mémoire d'un
homme qui a si longtemps illustré la magistrature
et le barreau.

Les coins du drap mortuaire étaient tenus par
MM. Dupin, procureur-général; Boyer, président
de la Cour de cassation; Gilbert de Voisins, pair
de France, conseiller à la Cour de cassation, et
Paillet, bâtonnier de l'Ordre des avocats. Venaient

ensuite des députations de la Chambre des pairs, de la Cour de cassation, M. le premier président en tête, des avocats aux Conseils du Roi, de l'institution des Jeunes-Aveugles, dont M. Tripier était l'un des administrateurs. Un grand nombre de pairs, de députés, au milieu desquels on remarquait M. le garde-des-sceaux, MM. Barthe, Persil, de Broglie, de Bastard, Laplagne-Barris, etc., ainsi que des membres de la magistrature et du barreau, étaient venus se joindre au funèbre cortége. Une députation des habitants de Noisy, dont M. Tripier était maire, accompagnait également le convoi, que suivaient des voitures de la cour, qu'escortait un détachement de ligne.

Lorsque le cortége est arrivé au Père-Lachaise, M. Mauguin, ami du défunt, a prononcé le discours suivant :

« MESSIEURS,

« Depuis quelque temps un triste et pieux devoir nous appelle trop souvent dans cette enceinte ; le

barreau voit disparaître successivement ceux qui ont
jeté sur lui le plus de gloire, et la mort frappe d'une
main si rapide qu'elle ne laisse pas à nos douleurs le
temps de se guérir. Celui dont nous accompagnons
les dernières dépouilles fut regardé pendant de lon-
gues années comme l'un des plus illustres parmi les
membres de cet ancien barreau, qui comptait des
illustrations si éclatantes et si nombreuses. Nicolas-
Jean-Baptiste Tripier, né en 1765, à Autun, avait
fait ses études à Paris; son apparition dans les
affaires fut d'abord sans éclat. Cette intelligence robuste avait besoin de se former par le temps et le
travail; elle était comme le chêne, qui se développe
lentement, mais qui dépasse tous ses rivaux. Parmi
ceux à qui il a été donné de le suivre et de l'entendre,
qui n'a admiré la puissante fécondité de cette logique qui, fouillant jusque dans les plus secrètes en-
trailles d'une question, en faisait jaillir des flots de
vérité et de lumière? Sa parole, toujours grave,
austère, était parfois négligée; parfois aussi, soutenue
de l'énergie et de la noblesse de la pensée, elle s'éle-

vait jusqu'à la plus haute éloquence. On ne l'entendait pas sans vouloir l'écouter; Tripier avait créé
une école dont il est resté le maître. Dans une cause,
il ne voyait jamais lui, mais uniquement la cause et
le succès; aussi le succès a-t-il manqué rarement à
ses efforts; l'envie ne l'épargnait pas au milieu de
ses triomphes; il ne lui a jamais opposé que la pureté de sa conduite et de sa vie. Il fallait voir cet
esprit si ferme et si actif, emporté par des milliers
d'occupations, les traiter toutes séparément, comme
s'il n'en avait eu qu'une seule; aussi dans sa journée
aucun instant de perdu; toutes ses heures avaient
leur emploi. C'était surtout dans son intérieur qu'on
apprenait à l'admirer et à l'aimer; on trouvait en lui
l'accord de ces qualités rares dont une seule suffirait
pour honorer un caractère, la fermeté, la justice,
la bonté. Sa famille ne se bornait pas à le vénérer;
il était son amour comme il était sa gloire. Admis
dans son intimité, j'ai pu apprécier ses vertus, et
ma mémoire reconnaissante n'oubliera jamais qu'il
protégea mon jeune âge de son amitié...... Tripier,

vous êtes maintenant où nous irons tous ; la nature
a déchiré pour vous ses derniers voiles et vous con-
naissez tous ses mystères....... Une voix amie vous
adresse ces derniers adieux ; ils sont accompagnés
de regrets qui ne s'effaceront jamais. »

————

Après ces touchantes paroles, M. Paillet, bâtonnier, s'exprime ainsi au nom de l'ordre des avocats :

« MESSIEURS,

« Nous venons de perdre un de ces hommes dont
le nom reste au barreau comme un souvenir glorieux
pour l'ordre entier, et comme une leçon et un encouragement pour leurs successeurs.

« De tous les avocats célèbres, M. Tripier est peut-
être celui qui a le mieux prouvé par son exemple
l'admirable puissance du travail, sinon pour créer
le talent, du moins pour en féconder le germe et en
assurer le développement.

« Nos anciens nous disent combien furent lents et

pénibles ses premiers pas dans la carrière ; mais aussi comment il se préparait alors par l'étude et la réflexion aux luttes à venir, mettant à profit la solitude et les loisirs d'un cabinet encore ignoré des clients.

« C'est de là que sortit un jour l'infatigable athlète dont aucune épreuve ne devait plus ni ralentir l'ardeur ni étonner le courage ; cet orateur à la dialectique nerveuse et pressante, qui entrait dans une discussion comme dans un pays ennemi, choisissant ses positions avec une rare prudence, éclairant le terrain dans toutes les directions et ne laissant rien derrière lui qui pût inquiéter sa marche vers le but qu'il voulait atteindre.

« Toujours on le voyait prêt à la fois dans plusieurs causes graves, et prêt dans chacune comme s'il l'avait seule étudiée.

« D'autres captivaient l'attention par un langage fleuri ou passionné ; M. Tripier l'enchaînait par l'autorité et la vigueur de son argumentation ; et souvent la raison et la logique s'élevèrent chez lui jusqu'à la véritable éloquence.

« Enfant du travail, voué au travail par goût et par reconnaissance, il lui demeura fidèle toute sa vie, et ne lui déroba jamais que les moments destinés aux soins de sa famille ou aux fréquentations et aux épanchements de l'amitié.

« Chef de l'Ordre à si juste titre, cette dignité fut le prélude de celles qui l'attendaient ailleurs. Mais l'âge seul put l'éloigner du barreau, et sans lui rien ôter de ses premières sympathies. Partagé dans ces derniers temps entre les plus hautes fonctions de la magistrature et de la politique, il y porta constamment cette activité d'esprit, ce zèle, cet amour du devoir qui trouvent aujourd'hui leur récompense dans la sincérité de notre douleur et dans l'unanimité de nos regrets. »

FIN

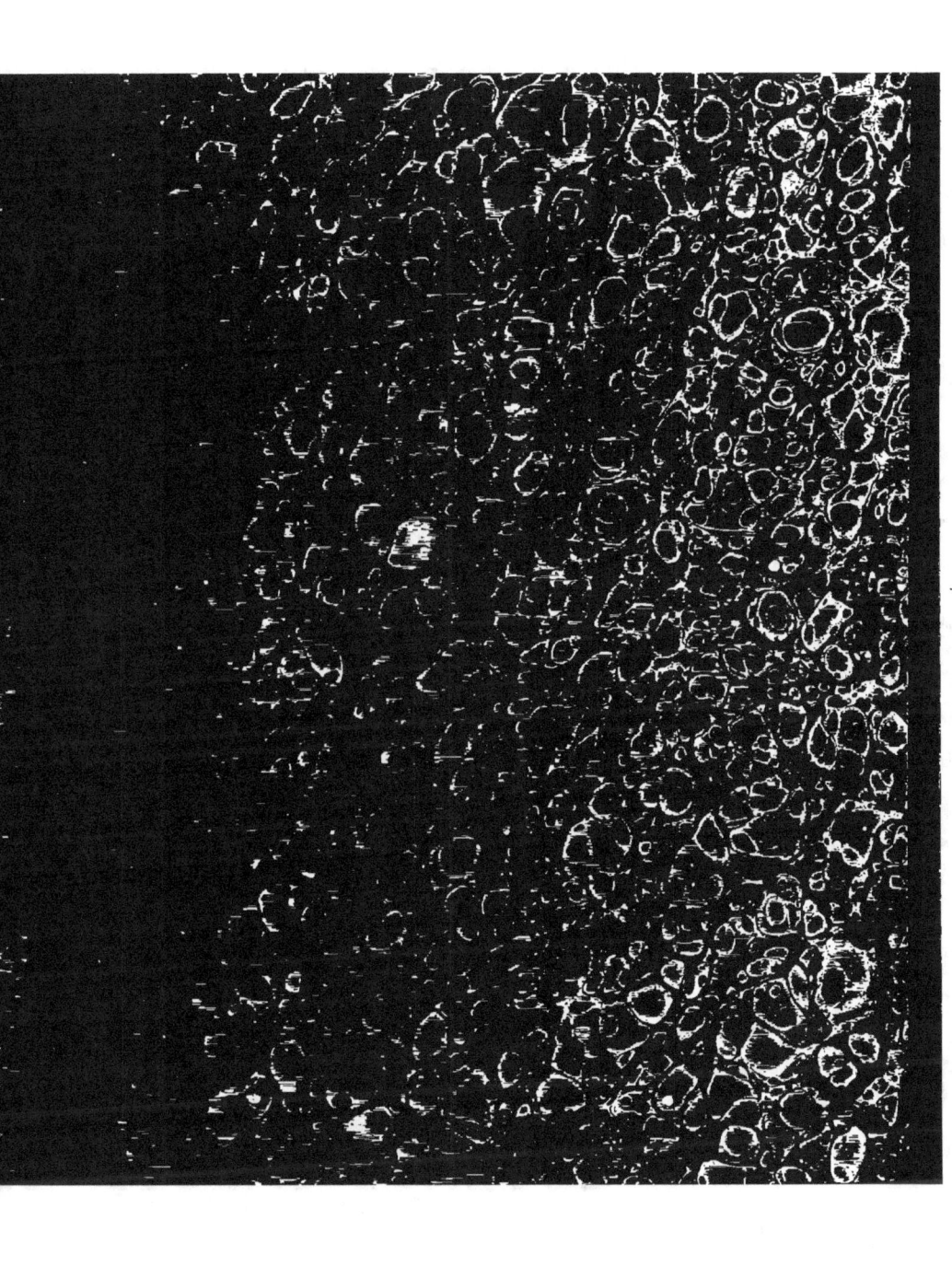

www.ingramcontent.com/pod-product-compliance
Lightning Source LLC
Chambersburg PA
CBHW071103260626

47162CB00006B/2190